O DESPERTAR DO DOM

O Despertar do Dom

ALDIVAN TORRES

Canary Of Joy

CONTENTS

1- 1

"O Despertar do dom"

Aldivan Torres
O Despertar do Dom

Autor: Aldivan Torres
©2020-Aldivan Torres
Todos os direitos reservados

Este livro, incluindo todas as suas partes, é protegido por Direito de autor e não pode ser reproduzido sem a permissão do autor, revendido ou transferido.

Aldivan Teixeira Torres, é um escritor consolidado em vários gêneros. Até o momento tem títulos publicados em dezenas de idiomas. Desde cedo, sempre foi um amante da arte da escrita tendo consolidado uma carreira profissional a partir do segundo semestre de 2013. Espera com seus escritos contribuir para a cultura internacional, despertando o prazer de ler naqueles que ainda não tenham o hábito. Sua missão é conquistar o coração de cada um dos seus leitores. Além da literatura, seus gostos principais são a música, as viagens, os amigos, a família e o próprio prazer de viver. "Pela literatura, igualdade, fraternidade, justiça, dignidade e honra do ser humano sempre" é o seu lema.

Conteúdo

"O Despertar do dom"
1- O Despertar
2 -Temor de Deus
3 - O valor da amizade
4 - Cumplicidade
5 - Reflexões
6 -Mediunidade
7 - O segredo das sete portas

1- O Despertar

A co-visão se esvai. Gradualmente, eu e Renato vamos retomando a consciência. Tudo o que tínhamos vivido não passara de um lapso temporal revelador de mistérios que não durara mais que trinta minutos.

Após acordar, nos cumprimentamos comovidos com a linda história revelada. Será que teríamos a mesma disposição e coragem do lendário Vítor? Claro que as situações eram totalmente diferentes. Éramos jovens do século XXI, uma época mais adiantada do que a dele mais ainda com muitos desafios a cumprir.

Basicamente, se pudéssemos seguir o seu exemplo, certamente as vitórias aconteceriam com mais facilidade. Porém, reiterando, as situações eram incomparáveis.

Numa reunião rápida, decidimos retornar à casa do mestre. Esta seria uma boa oportunidade para explanar nossos conhecimentos e pedir uma orientação mais segura, em relação a de que forma continuar.

Certos disso, avançamos, enfrentando as mesmas dificuldades de sempre, munidos com pensamento positivo e motivador sobre o futuro do nosso empreendimento. Agora só restava seguir de cabeça erguida.

O percurso total foi cumprido em cerca de meia hora a passos regulares e firmes. Finalmente chegamos. Em frente ao casebre, paramos um pouco. Nesta hora, nos emocionamos, pois, estávamos prestes a descobrir o que o destino nos reservava ou pelo menos um encaminhamento que seria fundamental para a nossa dupla.

Instantes depois, superamos parcialmente nossos entraves (Voltando a caminhar). Ao percebermos que a porta estava entreaberta, adentramos sem pedir licença, pois já nos considerávamos de casa.

Encontramos o mestre. Ele estava de cócoras, no centro da casa, com os olhos fechados a meditar. Um pouco receosos, nos aproximamos e o tocamos com o objetivo de despertá-lo. Em seguida, ele abre os olhos, esboça um sorriso e levanta-se. Com um sinal, pede para que sentemos e inicia uma conversa.

"E então? Deu tudo certo com a técnica da co-visão?

"Foi uma maravilha. Em questão de segundos, foi repassado um filme em nossas mentes. Muito interessante mesmo. Valeu a pena! (O vidente)

"E agora? Qual o próximo passo? (Renato)

"Etapa dois. Inspirando-se na história revelada, vocês devem também procurar alcançar o grande milagre: "O encontro de dois mundos". Isto só será possível se houver muita dedicação por parte de vocês. (Angel)

"Como será isto? (O vidente)

"A chave para a questão está no treinamento. Procurem o curandeiro em Carabais. Ele ainda vive no Sítio Pintada. Com sua experiência, deve saber qual a melhor forma de atingir a meta. A minha parte já está cumprida e foi um sucesso. Agora posso descansar em paz. Foi um prazer conhecê-los. Aldivan e Renato, sucesso em sua caminhada. Continuem sempre assim. Vocês ainda vão orgulhar ainda este estado e País.

"Obrigado por tudo, mestre. Nunca o esqueceremos. (O vidente)

"Levaremos suas lições adiante. Pelo certo e pelo justo! (Renato)

"Um por todos e todos por um! (Angel)

"Pelos humildes e injustiçados! Amigos para sempre! (O vidente)

A emoção tomou conta do momento. Nós levantamos. Ao aproximarmos uns dos outros, nossa ação resultou num abraço triplo. Por um instante, sentimos a força do nosso sentimento, a amizade. Com a nossa união, uma pequena tocha de fogo desceu do céu, iluminando todo o local. Ali, estava nossa estrela guia, inapagável, que nos socorreria nos momentos mais difíceis.

Ao término do abraço, a tocha voltou para o lugar de origem. Terminamos de nos despedir. Com lágrimas nos olhos, nos afastamos finalmente do nosso benfeitor. Ultrapassamos a porta. No lado de fora, iniciamos a caminhada até a vila de Cimbres. Uma nova etapa à vista e que prometia muitas emoções e descobertas. Continuem acompanhando, leitores.

Desde o começo da nova jornada, mantínhamos a disposição, garra e coragem de sempre semelhantemente ao primeiro desafio que fora a montanha. Embora fossem situações diferentes, o sentimento era o mesmo. Além disso, a precaução, a paciência e a tranquilidade também eram cultivadas, pois, eram fundamentais para um possível sucesso. Lição aprendida durante a estrada da vida com o convívio com mestres excelentes. Isso incluía amigos, família, orientadores espirituais.

Tudo poderia dar certo ou não. O mais importante era o aprendizado e a evolução alcançadas a cada experiência nova. Nos tornamos eternos aprendizes. A fim disso, continuaríamos seguindo com cabeça erguida, cultivando valores como dignidade, amizade, simplicidade, lealdade e transparência. Esta era a marca da dupla dinâmica da série a vidente formada pelo vidente e o jovem Renato.

A saga continuava. Passando por lugares já conhecidos, temos o prazer de reviver variadas situações. Nossa imaginação está na linha do tempo e do espaço. Quantos pés não passaram por ali cheios de expectativas? A resposta é inúmera. De modo a nos destacarmos da multidão, precisávamos de uma dedicação intensa aos nossos projetos. Algo que não nos faltava, graças a Deus.

Engajados como sempre na nossa causa e nos inspirando em nossos antepassados, aumentamos o ritmo dos passos. Um certo tempo depois, já avistamos o casario famoso de Cimbres. Agora, estávamos exaustos pelos esforços desprendidos. Porém, esperávamos que tudo desse certo.

Com mais quinhentos metros percorridos, finalmente temos acesso à rua principal. Ao chegarmos em frente à Igreja de Nossa senhora das Montanhas, uma autolotação passa. Damos sinal e ela para. Nós embarcamos. Como já se tinha uma quantidade de passageiros suficiente, a partida para Pesqueira é imediata.

Durante todo o trajeto, temos a oportunidade de ter um bate-papo legal com os companheiros de viagem e com o motorista chamado Baltazar que, era muito simpático. Falamos um pouco de tudo incluindo notícias gerais, esportes, música, religião, política e relacionamento no total de trinta minutos de viagem.

Ao final da corrida, descemos, nos despedimos e pagamos a passagem. Ficamos a esperar outra autolotação sair com destino a Arcoverde. Ficaríamos no meio do caminho, na antiga Carabais, com o objetivo de conhecer um famoso mestre do passado. Era o curandeiro que já tinha mais de cem anos. O que aconteceria?

Trinta minutos depois, chegam mais cinco passageiros e então o carro finalmente sai. Desta feita, cultivamos o silêncio. Aproveitamos para meditar um pouco e curtir a natureza. Entre paradas, passamos mais trinta minutos na estrada.

O carro para na beira da Rodovia BR 232. Descemos e pagamos a passagem. Tínhamos 1,5 km (Um quilômetro e meio) de caminho a percorrer a pé até o centro da vila. Afora o percurso até o Sítio Pintada que não sabíamos calcular, pois ainda não o conhecíamos.

Começamos a nova caminhada. A subida em curvas me fez relembrar um passado não muito distante e como era bom sentir este gosto. Compartilho das minhas lembranças com Renato, que escuta atentamente e opina.

Apesar de jovem, era muito sábio e me dá dicas valiosas e secretas. Aproveito também para elogiar a disposição em me ajudar desde que me conhecera. Com o passar do tempo, tínhamos nos transformado em irmãos e amigos, cúmplices e fiéis companheiros de jornada. Isto era fundamental para o sucesso de nossa empreitada.

Avançamos. Completando exatamente vinte e cinco minutos da subida, temos acesso às primeiras casas. Quando encontramos a primeira pessoa, pedimos informações sobre o sítio Pintada e a pessoa do curandeiro.

Trata-se de uma jovem loira, estatura média, de faces rosadas, chamada Jacqueline. Descreve em detalhes como chegar lá. Como estava desocupada, oferece sua companhia.

Aceitamos. Atravessamos toda a vila e pegamos uma estrada de terra. Logo no início, puxamos conversa com a garota com o intuito de nos conhecer melhor e passar um pouco o tempo.

"O que faz pelas bandas, senhorita? (O vidente)

"Trabalho como agente de saúde durante três dias por semana. No tempo livre, faço tarefas domésticas. Na minha casa são quatro pessoas: eu, minha irmã e meus pais. E você? (Jacqueline)

"Sou funcionário público e nas horas vagas, escritor iniciante. Trabalho em meus projetos com meu assistente Renato. (O vidente)

"Isto. Sou peça fundamental nas histórias. (Declarou orgulhoso Renato)

"Muito bem! Escrevem que gênero? (Jacqueline)

"Ficção realista. Mas desejo escrever histórias reais também. Tem alguma dica? (O vidente)

"Não. Só conheço gente simples. Mas confie que Deus proverá. (Jacqueline)

"Também acredito. (Renato)

"Então que seja assim. Maktub! (O vidente)

"Deixando os livros de lado, ainda está longe a casa do tal curandeiro? (Indagou o impaciente Renato)

"Não muito. Por quê? (Jacqueline)

"Estou com fome. (Renato)

"Calma. Continuemos a caminhar com tranquilidade. Pode ficar à vontade, viu, Jacqueline? (O vidente)

"Obrigada.

A conversa instantaneamente parou. Desviamos à direita na estrada e entramos numa vereda batida enfrentando o chão seco, espinhos e galhos de arbustos próximos. Porém, como éramos do sítio estávamos acostumados.

Mais à frente, o caminho alarga-se um pouco e ficamos mais confortáveis. No campo de visão, surge um casebre. Ao sinal de Jacqueline, avançamos de encontro a ele. Em cerca de cinco minutos, já nos encontramos à porta prestes a bater. No entanto, antes que fizéssemos isso, a porta se abre misteriosamente. De dentro, surge a figura do ancião que apesar da idade conserva traços firmes e fortes além do jeito peculiar de se vestir: calção de couro, chapéu, camisa rendada e sandálias de sola.

Com um gesto, ele inicia a conversa:

"Jack, o que faz por aqui? E estes outros? Me parecem familiares.

"Oi! Estes são meus amigos: vidente e Renato. Querem falar com o senhor. (Jaqueline)

"Sou neto de Vítor. (O vidente)

"E sou seu auxiliar. (Renato)

"Como? Já desconfiava. Você se parece muito com seu avô. Sejam bem-vindos. (Curandeiro)

"Obrigado. Tenho orgulho disso. Podemos entrar? (O vidente)

"Sim, claro. Quer vir também, Jack? (Curandeiro)

"Não, eu já vou. Só vim acompanhá-los mesmo. Até para todos. (Jaqueline)

"Até. (os outros)

Adentramos na casa. Acompanhando o anfitrião, nos acomodamos em tamboretes dispostos em círculos no centro do casebre. Após um silêncio inicial, a conversa finalmente é retomada.

"Bem, o que os trouxe aqui, a este fim de mundo? (Curandeiro)

"Viemos duma aventura sem igual e nosso mestre orientou que o procurássemos. (O vidente)

"Ele se chama Angel e disse que com sua ajuda podemos alcançar o milagre o qual se consubstancia no "Encontro entre dois mundos". É possível mesmo? (Renato)

A face do curandeiro se enrijeceu. Ele ficou por alguns instantes estático a pensar. Nestes instantes desejávamos ser telepatas poderosos para adivinhar exatamente o que se passava em sua mente.

Como não éramos, ficamos em silêncio a esperar seu pronunciamento o que ocorreu logo em seguida.

"Tudo é possível, meus caros, a depender da dedicação. Antes de tudo, porém, desejo conhecê-los um pouco mais. (Curandeiro)

"Tudo bem. Meu nome é Aldivan Teixeira, também conhecido como vidente ou filho de Deus. Sou funcionário público e escritor nas horas de folga. Venho de duas aventuras incríveis com meu auxiliar Renato que renderam meus dois primeiros títulos: "Forças opostas" e "A noite escura da alma". Estou num terceiro projeto e para conseguir concluí-lo preciso de vossa ajuda. (O vidente)

"Isto. Como ele disse, sou seu amigo e auxiliar. (Renato)

"Entendi. Acredito que posso ajudá-los em seus objetivos. Aceitam ser treinados? (Curandeiro)

"Claro. Sempre. (O vidente)

"Estamos prontos. (Complementou Renato)

"Muito bem! Para que consigamos atingir o êxito, devem permanecer aqui durante sete dias. Em relação às acomodações, não se preocupem. Tenho camas suficientes. (Curandeiro)

"Obrigado. É mesmo necessário? (O vidente)

"Sim. Deixe sua timidez de lado e fique à vontade. Seu Avô não era assim. (Em risos, o curandeiro)

"Penso que ele não tem jeito. (Renato)

"Bom, dormirei agora. Se tiverem fome, podem ir à cozinha preparar algo. O treinamento começa amanhã. (Curandeiro)

"Entendido. (O vidente)

"Pode ficar à vontade, mestre. (Renato)

O curandeiro levantou-se, espreguiçou-se e com cara de cansaço aproximou-se de uma das camas. Deitou-se e imediatamente dormiu. Eu e Renato nos acomodamos, trocamos ideias e, como previsto, sentimos fome.

Nos dirigimos à cozinha e fazemos um lanche rápido. Após, saímos um pouco do casebre em passeio pelas redondezas. Três horas depois, voltamos e já encontramos o mestre desperto. Conversamos um pouco mais e nos disponibilizamos a ajudar nas tarefas domésticas. Ao terminar, realizamos outras atividades de estudo e lazer.

Com a chegada da noite, jantamos e saímos um pouco a contemplar as estrelas. Com a sua experiência, o curandeiro nos dá algumas lições de astronomia além de contar algumas histórias interessantes de seu passado.

Ficamos três horas neste exercício. Ao ficar um pouco tarde, o curandeiro se recolhe. Como não tínhamos nada a fazer, o seguimos. O outro dia seria o início de uma nova jornada, rumo ao desconhecido. Que destino se revelaria à nossa frente? Estávamos preparados para o que viesse? Estas e outras perguntas sem resposta estavam prestes a ser solucionadas. Continuemos a saga de número Três.

2 – Temor de Deus

Amanhece. O sol surge, os pássaros cantam e uma brisa suave ultrapassa as brechas da parede inundando todo o ambiente. Em instantes, despertamos, levantamos, nos espreguiçamos e tomaremos um banho. Ao fim, nos dirigimos à cozinha e com o anfitrião preparamos o desjejum com o que tínhamos disponível na despensa.

Aproveitamos a oportunidade para estreitar os nossos laços até então recentes. Quando a comida fica pronta, sentamos à mesa e nós mesmos nos servimos num ritual de comunhão.

Nos alimentamos em silêncio e com respeito. Ao terminarmos, iniciamos uma conversa de modo a dirimir dúvidas.

"Quando se inicia o nosso treinamento? (O vidente)

"Daqui a pouco. Antes, quero saber como Angel os treinou. (Curandeiro)

"Eu explico. Passamos pelo teste de desenvolvimento dos dons do espírito santo. Foram seis etapas no total. Com elas, pudemos desenvolver uma nova técnica, a co-visão que nos proporcionou a visão da primeira etapa. (Renato)

"Entendo. Devemos então continuar nessa linha de raciocínio até atingir o ápice da segunda etapa. Qual foi o dom que restou? (Curandeiro)

"Foi o do "temor de Deus". (O vidente)

"Iniciaremos daí. Me acompanhem. (Curandeiro)

Obedecemos ao mestre nos dirigindo a saída. Ultrapassamos todos os obstáculos. Já fora, seguimos percorrendo uma vereda no mesmo sentido. Dez minutos depois, caminhando vigorosamente, adentramos numa clareira. Ao sinal do mestre, sentamos no centro dela. A partir daí ele começa a explicar.

"Os trouxe aqui para um debate saudável. Uma troca de experiências, pois não há ninguém nesse mundo tão sábio que não possa aprender nem alguém tão ignorante que não possa ensinar. Todos, muito ou pouco, tem uma bagagem. (Curandeiro)

"Concordo. A vida se caracteriza por um contínuo processo de ensino e aprendizagem, termo muito usado na educação. (O vidente)

"Falou o professor! Mas nos diga, mestre, o que tem a nos dizer em relação ao dom de "Temor de Deus"? (Renato)

"Por experiência própria, ao contrário do que a maioria das pessoas pensam, Deus não quer que tenhamos medo dele. Apenas exige respeito, dedicação à sua causa, seguimento às suas leis e a prática de boas obras em troca de seu amor e proteção. No entanto, mesmo aqueles que insistem em seus erros, que estão afundados em sua "Noite escura", não são abandonados pelo divino. Isto acontece porque ele, primeiro, é pai e é bom com todos. Nisto consiste sua perfeição. E vocês? Que conceito têm deste dom? (Curandeiro)

"Olha, mestre, no período em que estive imerso na minha noite escura da alma, pude ter a dimensão de dois opostos de Deus: Misericórdia e justiça. Nessa época, deixei-me levar totalmente pelo meu mensageiro (sem limites) chegando a pensar ser dono do mundo. Foi aí que as forças do bem agiram e impuseram-me sua força. Elas abriram-me os olhos, castigaram-me e foi então que percebi o mal que fiz. No entanto, apesar dos pedidos insistentes dos meus inimigos, em vez de me condenar, Deus me libertou e ressuscitou não só desta vez, mas inúmeras vezes. Deus é pai. A única condição que nos impõe é um comprometimento em não repetir os mesmos erros. Resumindo, por tudo isso que vivi, posso concluir que devemos cultivar o temor à Deus. Não devemos acender sua ira, pois, sua mão é muito pesada para nós mortais e é justa. Além da justiça, se encontra a misericórdia. Esta, só é alcançada, caso conquistemos a sua confiança. Devemos ter atitude e posição firmes. (Eu, o vidente)

"Apesar da minha pouca idade, tenho também algo a contar. Desde que minha mãe faleceu, meu pai me tratava duramente. Com ele, aprendi o temor e o medo nunca dantes vistos. Esta foi minha experiência de um pai humano. Quando fugi, encontrei a guardiã da montanha (uma segunda mãe) e com ela tive uma vida mais digna. Pude então estudar, ter amigos, brincar e trabalhar também. Descobri com os ensinamentos dela e investigando nos livros, um verdadeiro pai. Um pai que não agride, que ama, que nos aceita como somos, um pai verdadeiramente humano. O temor, para mim, é uma relação pai e filho. Como qualquer relação, precisa de debate, conhecimento, cumplicidade, fidelidade e lealdade. Só assim se torna completando. Porém, nunca devemos ter medo. Isto nos afasta de Deus. (Renato)

"Esplêndido! Opiniões divergentes, mas todas com sentido. Percebi a forte influência das experiências pessoais em vossas opiniões. Isto é normal. Acredito que já podemos tentar. (Curandeiro)

"Tentar o quê? (O vidente)

"Eu também tenho a mesma dúvida. (Renato)

"Completar o primeiro ciclo, o dos sete dons. Com a iluminação adequada, podemos absorver o conhecimento e termos certeza de que forma continuar para atingir plenamente o objetivo. (Curandeiro)

"Tudo bem. Podemos tentar. (O vidente)

"Como agiremos? (Renato)

"Levantem-se e formemos um círculo. (Curandeiro)

Obedecemos ao mestre. Damos as mãos e fechamos o círculo. Imediatamente, ele se ajoelha, ora suavemente e pede que repassemos na memória os desafios anteriores. Em questão de segundos, relembramos os momentos mais marcantes da aventura até o momento atual. Terminada a oração, o mestre se levanta, e eleva com as nossas, as mãos para o céu. Repentinamente, o mundo treme, escurece, ficamos tontos e línguas como de fogo surgem baixando sobre nossas cabeças.

A partir daí, entramos em êxtase completo. Somos repletos da força de cima semelhantemente ao que aconteceu com os apóstolos de cristo. Isso cerca de dois mil anos atrás.

Este momento incrível dura apenas trinta segundos. Ao término, as línguas de fogo desaparecem e nos encontramos novamente só nós três. O mestre então toma a palavra.

"Consegui. Já sei o caminho a seguir. Vamos? (Curandeiro)

"Poderia nos adiantar? (O vidente)

"Não. A cada dia sua preocupação. Voltemos para casa. (Curandeiro)

"Está bem. Vamos, Renato? (O vidente)

"Claro. (Renato)

Nosso trio começou a fazer o caminho de volta e as perguntas não paravam de chegar em nossas mentes. O que aconteceria? Seja o que fosse acreditávamos estar prontos para enfrentar, pois, tínhamos experiência em desafios.

Por enquanto, o mestre estava certo, não havia com o que se preocupar. O primeiro passo já fora dado. Agora, só restava seguir com raça, coragem, sem medo e sem vergonha de ser feliz.

Com um pouco de dedicação e sorte, poderíamos chegar aos resultados desejados. Mas isto era o futuro.

Enquanto este não chegava, continuamos a caminhar. Em aproximadamente o mesmo tempo da ida, chegamos no casebre. Durante o restante do dia, nos envolveríamos em outras atividades que nada tinham a ver com o desafio.

À noite, aprenderíamos mais sobre o universo e trocaríamos experiências. O mestre planejaria os próximos passos e viveríamos a expectativa do próximo dia que prometia muitas novidades.

Quando cansássemos, iríamos descansar. Geralmente era cedo, pois no sítio não havia muitas opções de entretenimento.

Continuem acompanhando, leitores.

3 – O valor da amizade

A noite transcorre normalmente. A madrugada passa e amanhece em seguida. Ao primeiro raiar do sol, despertamos. Imediatamente cada qual vai se ocupar em uma atividade: O mestre preparará o desjejum enquanto eu e meu fiel companheiro de aventuras tomaremos banho.

Em trinta minutos, cumprimos a obrigação. Nos dirigimos ao quarto e trocamos de roupa. Já prontos, vamos à cozinha. Chegando lá, nós mesmos nos servimos e o mestre aproveita também para se banhar.

Neste ínterim, eu e Renato trocamos informações confidenciais. Porém, não temos muito tempo para isto, pois em menos de dez minutos o mestre já retorna. Ele senta conosco à mesa e educadamente espera terminarmos para poder se pronunciar o que não demora muito.

"Dormiram bem? (Curandeiro)

"Fora alguns pesadelos, tudo bem. (Informou Renato)

"Normal. Apenas um pouco ansioso. (Confessei, o vidente)

"Muito bem! Então começaremos. Com a iluminação que tive ontem, achei melhor continuar o treinamento da mesma forma que iniciei. Uma conversa com total liberdade, respeito e interação. De acordo? (Curandeiro)

"Não tem problema. (O vidente)

"É um método interessante. Sobre o que falaremos? (Quis saber Renato)

"O tema de hoje é amizade. Contém um pouco da trajetória de vocês e a experiência neste sentido. (Curandeiro)

"Eu começo. Amizade para mim, é tudo. Aprendi isto com os espíritos superiores, minha família, amigos, conhecidos, colegas de trabalho, mestres espirituais e da vida. Neste caminho, amei, sofri, chorei, errei, acertei, conquistei, lutei e fui confundido. Mas superei e relevei. Enfim, aprendi, ensinei e quero continuar seguindo apesar de tudo. (O vidente)

"Meu início de história, como sabem, é um pouco trágico. Só conheci os bons sentimentos quando conheci a guardiã. Ela é a minha benfeitora. Foi quando tive um maior contato com a sociedade. Neles, está incluído colegas de escola e meu querido companheiro de aventuras. (Renato)

"Obrigado. (O vidente)

"O que fariam por um amigo necessitado? (Curandeiro)

"Depende. Se estivesse confuso, eu o aconselharia. Se estivesse com problemas, tentaríamos juntos, achar uma solução. Em suma, ajudaria no que fosse necessário. (O vidente)

"Eu me colocaria à disposição nos momentos bons e ruins. (Explicou resumidamente Renato)

"Gostei. Também ajudaria. Neste mundo, somos todos iguais. O que levamos de concreto são as boas ações. Dinheiro, orgulho, vaidade, mágoas, disputas e egoísmo não levam a nada. Porém, é ainda muito comum ouvir-se de falsos amigos quando se necessita a seguinte frase: "Não é meu problema". (Curandeiro)

"Exato. Já aconteceu várias vezes comigo. Mas não sou igual a eles. Eu não repetirei este erro. (O vidente)

"Que bom! Mesmo sem muita experiência, já vi casos de pessoas que se revoltaram e passaram a agir da mesma forma. (Comentou Renato)

"Nunca façam isto. Mesmo que o sangue ferva, não se misturem a esta categoria de gente. Precisamos agregar valores e não dividir. (Curandeiro)

"Jesus é o exemplo. (O vidente)

"Ele é o principal. Também são notáveis: Madre Teresa de Calcutá, Irmã Dulce, Zilda Arns, Dorothy Stang, Madre Paulina, Francisco Xavier, Santa Rita de Cássia, Nelson Mandela, Martin Luther King, Francisco de Assis, Mahatma Gandhi, entre milhares de exemplos. (Curandeiro)

"Já ouvi falar. Foram incríveis. (Renato)

"É possível chegar no nível de evolução deles, mestre? (O vidente)

"Não se compare a ninguém. Cada qual tem sua história peculiar. O importante é cultivar bons valores, ter experiências que a vida proporciona, ter boas companhias, viver e não ter vergonha de ser feliz como diz a música. O tempo ensina. (Curandeiro)

"Entendi. Seguirei então. (O vidente)

"Com minha ajuda, poderemos continuar marcando história e encantando corações na série o vidente. (Renato)

"Isto. Sigam o destino com garra, força e fé que o sucesso virá como consequência. Não se esqueçam de mim e dos outros. A amizade é isto. (Curandeiro)

"Claro que não. Valorizamos nossas origens. (Eu, o vidente)

"Que tal um abraço? (Renato)

A emoção tomou conta de nós todos e aceitamos a sugestão do jovem Renato. Nos levantamos. Ao chegar bem perto, o abraço triplo acontece durante alguns instantes. Ali, estava um trio batalhador, buscando o conhecimento. Embora pertencessem a mundos diferentes, foram unidos pelo destino. A cada passo dado, o encontro revelador se aproximava.

Terminado o abraço, nos afastamos. O mestre se despede, explicando que tinha tarefas a fazer na vila. Ao sair, ficamos apenas nós dois. Temos a ideia de arrumar o casebre. Apesar de não ser muito a nossa praia, só a boa intenção era válida.

Quando o mestre retornasse, continuaríamos ajudando-o em outras atividades até do dia terminar. Mais uma etapa fora cumprida. Com a experiência do curandeiro, grandes lições tinham ficado. Avancemos.

4 – Cumplicidade

Surge um novo dia com as características de sempre. Em dado momento, um vento frio bate em nossos corpos já recuperados dos esforços anteriores fazendo-nos acordar. Imediatamente, reúno a coragem e força suficientes tentando levantar. Tento uma, duas, três, quatro vezes. Alcanço o êxito da última vez.

Observo atentamente ao derredor. Verifico que apesar de acordados, meus companheiros de aventura ainda não se dispuseram ao mínimo esforço. Então decido me aproximar e com carinho os ajudo a tomar uma iniciativa. Cinco minutos depois, os dois já se encontram também em pé.

Numa conversa rápida, dividimos as tarefas e prontamente vamos cumpri-las. Desta feita, eu e Renato preparamos o desjejum exercitando nossos dotes culinários. Enquanto isto, o mestre toma seu banho rápido. Ao finalizar esta tarefa, troca de roupa e nos encontra ainda na cozinha.

Ao chegar no ambiente, ainda dá tempo para ele sugerir algumas melhorias no prato que na ocasião é composto de cuscuz com charque e macaxeira cozida com manteiga. Agradecemos a ajuda e damos o toque final no rango.

Com tudo pronto, nós mesmos nos servimos e sentamos à mesa. Enquanto comemos, iniciamos uma conversa amistosa.

"Primeiramente, quero agradecer por toda atenção e dedicação à nossa causa. Porém, ainda me restam algumas dúvidas. Poderia saná-las? (O vidente)

"Depende. Terá todas as respostas que necessita no tempo certo. O nervosismo e a ansiedade só atrapalham. (Curandeiro)

"Não é nada extraordinário. Quero saber quantas etapas temos a cumprir e como alcançar o milagre tão desejado. (O vidente)

"Como disse, serão sete dias de treinamento. Neste período, peço foco total da parte de vocês. O resto virá como consequência. (Curandeiro)

"Tudo bem. Esperarei. Alguma dúvida, Renato? (O vidente)

"Além das suas, tenho curiosidade em saber o nome verdadeiro de nosso digníssimo mestre. (Renato)

"Vocês estão querendo saber demais. Meu nome de batismo é "Secreto". Por enquanto, atenham-se ao treinamento e não a coisas bobas. (Ralhou o mestre)

"Está bem. Desculpa o atrevimento. (Renato)

"Não se preocupe. Terminem de se alimentar. (Curandeiro)

A voz do mestre soou grave e firme. Isso faz com que nós, os discípulos, tomássemos o pedido como ordem! Em silêncio, continuamos a degustar o alimento bem devagar. Comemos uma porção de cada um e como ainda estávamos sentindo fome repetimos a dose.

Doze minutos depois, finalmente ficamos satisfeitos. Ao terminar, nos dirigimos ao banheiro improvisado de modo a cuidar do nosso asseio corporal. Um por vez. Entre banho, troca de roupa e volta à cozinha gastamos mais quarenta minutos do nosso precioso tempo.

No entanto, apesar da demora, encontramos o mestre radiante e mais uma vez disposto a nos ajudar.

"Podemos começar? (Curandeiro)

"Sim. (Eu e Renato)

"Bem, o tema abordado hoje é a cumplicidade. Poderiam compartilhar suas experiências nesse sentido? (Curandeiro)

"Claro. Posso dizer, sem sombra de dúvida, que esta é uma das minhas características principais. Em qualquer relacionamento é muito importante. Por exemplo, nas dificuldades, buscamos um apoio. Procuramos alguém em quem confiar e dividir o peso das responsabilidades. Caso não encontremos, a vida fica um pouco mais vazia e triste. Cumplicidade e confiança são dois elos importantes. (O vidente)

"Concordo. Devemos também ter o máximo cuidado de modo que depositemos a nossa confiança nas pessoas certas. (Renato)

"Muito bem! Renato. Porém, é difícil, num primeiro momento, ter esta capacidade de discernimento. Precaução deve ser a palavra-chave e o conhecimento é algo necessário. Só com ele é possível decidir. (Alertou o mestre)

"Já teve decepções, mestre? (Renato)

"Muitas. Fazem parte do processo de evolução. O importante é não repetir os mesmos erros. (Curandeiro)

"Bem lembrado. Também vivi algo parecido inúmeras vezes. Os erros abrem o caminho para os acertos. (Reforcei)

"Exatamente, meu caro. Estão de parabéns. Acredito que em breve colherão os frutos do vosso trabalho. Persistam sempre. (Curandeiro)

"Entendi. Mais uma vez obrigado. (Renato)

"Por nada. Cuidaremos das tarefas domésticas da casa? (Curandeiro)

"Sim. (Nós dois)

Pegamos o material necessário e iniciamos a atividade sugerida. Quando terminássemos, realizaríamos outros trabalhos pertinentes. O mais importante de tudo era que estamos progredindo a olhos vistos. Rumo ao sucesso!

5 – Reflexões

No outro dia, realizamos as atividades corriqueiras da manhã como sempre e ao terminamos de tomar o café nos reunimos no centro do casebre por indicação do mestre. Sentamos no chão, ao lado um do outro. Após um instante finalmente o curandeiro toma a iniciativa.

"Bem, estamos aqui novamente, no quinto dia de treinamento. Estão gostando até agora? (Curandeiro)

"Estou. Mas devo confessar esperar algo mais espetacular: com técnicas incríveis, mistérios a serem resolvidos e revelações extraordinárias. (O vidente)

"Está sendo um grande aprendizado para mim. Não tenho do que reclamar. (Renato)

"Entendi. Vidente, é normal que alguém como você, com larga experiência em aventuras esperasse este conceito. Mas acredite: teremos mais resultados concretos agindo desta forma. Precisamos fazer o intercâmbio de informações. Quanto a você, Renato, sinta-se à vontade. (O mestre)

"Obrigado. (Renato)

"Qual o próximo passo? (O vidente)

"Falaremos hoje de um tema complexo e universal, o amor. Quais são suas opiniões? (Curandeiro)

"Em relação ao amor, já experimentei de tudo. Senti o amor espiritual, de Deus, de entrega e renúncia completas. Além deste, senti o amor humano. É algo que envolve atração, aproximação, fé e força convictas. No entanto, com relação a este último, minhas experiências não foram boas. (O vidente)

"Pela minha pouca idade, vivenciei o amor familiar e a paixão não muito profundas. Como sabem, minha vida não foi nada fácil. (Renato)

"Compreendemos Renato e o admiramos. No tempo certo, terá oportunidade de conhecer o verdadeiro amor. Quanto a você, vidente, não desanimes. A felicidade chegará para você no tempo certo. O mais importante é perseverar na luta para ser feliz, pois, na verdade, é isto o que realmente importa. (Aconselhou o curandeiro)

"Tomara. E você? Quais suas experiências em relação ao amor? (O vidente)

"Bem, como qualquer ser humano que tenha vivido mais de cem anos, conheço um pouco de tudo da vida. No entanto, meus trabalhos espirituais e a relação com a natureza sempre vieram em primeiro plano. De certa forma, isso me afastou das pessoas. É isto. Vivemos de escolhas e as minhas foram bem pensadas. Não me arrependo não. (Curandeiro)

"Concordo. Fazer escolhas é o principal ato para nos tornarmos atores principais no palco da nossa vida. Ser um líder de si mesmo é a meta principal. (O vidente)

"E que venham as consequências! (Complementou Renato)

"É exatamente o que quero passar para vocês, discípulos. Desejo do fundo do meu coração que tenham a coragem e força suficientes para tomarem suas decisões e enfrentá-las sem medo de contrariar as maiorias que sustentam uma falsa moral em nossa sociedade. Sejam como o lendário Vítor e seu grupo de justiceiros que marcaram história numa época ainda mais difícil que a atual. (Curandeiro).

"Prometemos nos esforçar neste sentido. (O vidente)

"Juntos, poderemos conseguir o milagre, o tão aguardado "Encontro entre dois mundos" plenamente interligando histórias, mentes e corações. (Declarou com otimismo, Renato)

"É assim que se fala. Gostei de ver. Mais alguma observação? (Curandeiro)

"Não. E você, Renato? (O vidente)

"Também não. (Renato)

"Muito bem! Os trabalhos de hoje se encerram por aqui. Sairei um pouco, a visitar alguns amigos na vila. Cuidem de casa e reflitam sobre a nossa conversa. (Curandeiro).

"Está bem. Até. (O vidente)

"Até mais. (Renato)

"Um abraço. Até daqui a pouco. (Curandeiro)

Dito isto, o mestre se afastou, abriu a porta e saiu. Agora, estavam só eu e Renato. Seguiríamos os conselhos do mestre. Quando ele voltasse, ficaria orgulhoso de nós, pois dedicação e empenho não faltariam de nossa parte. Continuemos então a nossa saga.

6 – Mediunidade

Mais um dia se passou. Após levantar, espreguiçar, tomar banho, comer o desjejum e escovar os dentes nos reunimos novamente com o curandeiro. Desta feita, nos acomodamos na cama localizada em seu quarto. Após trancar as portas, o mestre teve a segurança necessária para iniciar a conversa.

"Bem, preparados?

"Sempre estamos. (O vidente)

"Acredito que sim. (Renato)

"Pensei um pouco. Cheguei à conclusão que se faz necessário, agora, o uso de duas técnicas. Hoje, ensinarei a primeira técnica a vocês. Trata-se do aprimoramento da mediunidade. (Informou o curandeiro)

"Muito legal. Apesar das várias experiências que tive, não estou totalmente desenvolvido. (Confessei, o vidente)

"Interessante. Não tenho experiência. Mas no meu caso, é possível? Mesmo não tendo um dom específico. (Renato)

"Respondendo aos dois, nunca se está completamente preparado. Todos somos médiuns em maior ou menor grau. A questão é como preparar-se adequadamente para estes contatos além-vida que, muitas vezes, nos salvam de grandes perigos. Tenho uma das chaves para se alcançar isto. (Curandeiro)

"Estamos todos escutando atentamente. (Prontifiquei-me)

"Pode começar, mestre. (Ratificou Renato)

"Estamos convivendo há seis dias e percebi a capacidade e o valor de vocês. Primeiro, me transmitiram confiança e por isto revelar-lhes-ei um dos meus segredos. Prestem atenção. (Curandeiro)

O mestre levantou-se e aproximou-se das paredes. Especificamente, de um dos quadros pregados com muito bom gosto. O retirou, deixando a mostra um espelho, aquele mesmo que tínhamos visualizado na história de Vítor.

Com um sinal, ele pede a nossa aproximação. Ao chegarmos bem perto, ele volta a nos orientar.

"Fechem os olhos e concentrem-se no infinito (Algo que não possam alcançar). Com isto em mente, toquem apenas uma vez no espelho.

Obedecemos mais uma vez. Quando nos sentimos preparados, tocamos simultaneamente o espelho. Neste instante, entramos numa espécie de transcende nossos espíritos ultrapassam as várias dimensões existentes: passamos pelos céus, infernos, a cidade dos homens, purgatório, limbo, abismo, jardins do éden, portas dimensionais, planetas e astros do universo inteiro.

A experiência é muito boa e rápida. Com quarenta segundos, já retomamos a consciência. Ao despertar, largamos do espelho. Voltamos a nos sentar enquanto o mestre ao nosso lado parece ansioso e inquieto. Recomeçamos o diálogo.

"Que incrível! Nunca me senti tão leve e solto. É como se meus sentidos ficassem à flor da pele, sem nenhuma barreira de comunicação. (Constatei)

"Também senti algo parecido. Apesar de serem mundo diferentes do nosso, esta técnica mostra o quão é possível o encontro, mesmo sendo realidades tão díspares. (Renato)

"Que bom que compreenderam. Quanto tiverem acesso à segunda técnica, complementar a esta, terão a oportunidade de alcançar o milagre que tanto desejam. Será a oportunidade para uma reavaliação da vida dando a oportunidade de estipular novas metas e consolidar as já alcançadas. Enfim, um novo começo de caminhada que será longa se Deus quiser. (Curandeiro)

"Que ótimo! Continuemos o trabalho, não é Renato? (O filho de Deus)

"Claro. Mas agora estou com fome. Podemos preparar algo? (Renato)

A ingenuidade de Renato provocou gargalhadas em mim e no mestre. Que figura! Sem ele, a série o vidente não teria o mesmo charme que tem.

Quando nos controlamos, voltamos a conversar.

"Está bem. Podemos ir, mestre? (O vidente)

"Á vontade. Por hoje, chega de treinamento. Mas não se esqueçam de arrumar a bagunça. (Curandeiro)

Imediatamente, nos levantamos da cama. Dado alguns passos, abrimos a porta e nos deslocamos em direção à cozinha.

Chegando lá, começamos a preparar um mexido de arroz e feijão temperado com o que tínhamos disponível. Em dez minutos, concluímos o preparo. Mesmo estando sem muita fome, acompanho Renato na degustação desta delícia a qual era especialidade minha.

Durante a alimentação, compartilhamos experiências e expectativas. O que nos esperava a partir de agora? O nosso esforço seria recompensado? O que levaríamos de bom desta aventura para o resto da vida? Estas e outras perguntas brevemente seriam respondidas no encontro tão desejado.

Enquanto não chegava o momento, cuidamos de nos reabastecer. Ao término, começamos outras atividades cotidianas. Em frente, sempre! Pelos leitores e pelo universo tão singular que proporcionou os dons! Avante!

7 - O segredo das sete portas

Nasce o sétimo dia de experiências e lutas internas realizadas no casebre do misterioso curandeiro, em companhia do mesmo e de Renato. Logo cedo, nos levantamos num ritmo frenético e realizamos as atividades de sempre num tempo recorde.

Terminado o desjejum, não contenho meu nervosismo e ansiedade. Inicio, pois, a conversa com os demais.

"E agora, mestre? Poderia nos orientar em definitivo? (O vidente)

"Já? Estão mesmos preparados? (Curandeiro)

"Acredito que sim e quanto a você, Renato? (O filho de Deus)

"Estou com você, meu amigo. Vamos em frente. (Renato)

"Corajosos vocês. Sabem, porém, o que vão enfrentar? (Curandeiro)

"Não. Mas não importa muito. Do que vale a vida sem aventuras ou sem sentido? Na minha opinião, um vazio total. (O vidente)

"Explique-nos melhor, mestre. (Solicitou Renato)

"Gostei. O próximo desafio é um grande segredo que nunca revelei a ninguém. Somente se o cumprirem, é que terão possibilidade de alcançarem o milagre desejado. Estão a fim? (Curandeiro)

"Do que se trata exatamente? (Renato)

"Costumo chamá-lo de segredo das sete portas. São várias dimensões sobrepostas e a cada instante a situação fica ainda mais complicada. Caso fracassem, poderão ficar presos em alguma das suas dimensões paralelas. O que me dizem? (Curandeiro)

"Licença, Renato, como líder deste empreendimento decido que você ficará de fora desta etapa. Não me entenda mal é que tenho uma experiência maior em situações extremas. Prefiro continuar só a partir de agora. Tudo bem? (O vidente)

"Não o entendi muito bem, mas aceito. (Renato)

"Muito bom. O que devo fazer, mestre? (O vidente)

"Primeiramente, me siga. (Curandeiro)

Obedeci ao mestre e junto dele seguimos até o quarto. Passamos da porta e a trancamos. Ao ter certeza de estar absolutamente sós, voltamos a nos comunicar.

"Feche os olhos. (Pediu o curandeiro)

Mesmo achando estranho o pedido, obedeci novamente. Cerca de trinta segundos depois, ouço novamente sua voz e desta feita me pede para abri-los. Ao fazer isto, tenho uma visão estonteante de um portal à nossa frente e ao meu olhar de dúvida o mestre está a ponto de se pronunciar.

"Aqui está o portal do conhecimento criado por mim. Sou um dos poucos na terra capazes disto. Ele é como uma realidade ampliada. Abra a porta, reze para seu anjo da guarda e ultrapasse os obstáculos. Ao final, encontrarás a saída.

"Quando posso ir? (O vidente)

"Agora mesmo. Apresse-se, pois, tem um limite de tempo. (Informou o curandeiro)

"Está bem. (O filho de Deus)

Começo a dar os primeiros passos e mesmo lutando contra meus próprios medos continuam em frente sem parar. Encosto na porta. Paro por cinco segundos e respiro. Ao término deste tempo, pego na maçaneta, abro a porta, dou dois passos e a fecho atrás de mim. O que vejo inicialmente me deixa impressionado.

"Estou num lugar plano, escuro, extenso e totalmente enigmático. Num instante, o céu e o chão desaparecem e meu corpo começa a flutuar no ar auxiliado por minhas técnicas secretas. Começo então a seguir sem direção definida. Com o tempo, canso-me, mentalizo pedindo auxílio às forças superiores que me acompanham e como resposta uma voz misteriosa diz que tudo está prestes a começar. Confiando nisso, paro um pouco e descanso, suposto no ar. Logo em seguida, ouço um ribombo ecoar e pares de luzes e sombra poderosos a se aproximar. Com a experiência que tenho do plano espiritual, percebo a presença cada vez mais próxima deles, que são os sete espíritos de Deus. Mas o que os levava aquele plano? Com qual objetivo? Voando na velocidade da luz, eles rapidamente chegam e me cercam completamente: São sete guerreiros angélicos da mais alta hierarquia, com seus pares de asas incríveis, músculos definidos, espadas, lanças e setas estelares prontas para o combate. Imediatamente, manterei um contato telepático com os mesmos. Tenho êxito, pois logo se inicia uma conversação":

"O que querem de mim? (Eu, o vidente)

"Viemos provar sua fé. Para seguir adiante, terá que nos derrotar numa luta. (Pronunciou-se Miguel, o chefe)

"Como é? (Perguntei incrédulo)

"Isto mesmo humano. O que quer está além da possibilidade para os mortais e solicitamos de Deus esta prova. (Lúcifer, o arcanjo negro)

"Entendi. Mas vocês não deviam cuidar e ajudar os humanos? Não entendo o sentido desta luta. (O vidente)

"Somos luz e trevas, num total de sete. Juntos somos a divindade repartida. Decidimos isso porque este é um local sagrado que você ousou penetrar. (Todos, em coro)

"Mas não se preocupe. Já que você é o filho de Deus poderá nos derrotar facilmente. (Caçoou Lúcifer)

Os outros entes sagrados gargalharam e suas vozes pareciam ribombo de trovão. O que seria agora do filho de Deus? Ele resolve responder.

"No plano em que estou sou apenas um humano. Mas o que vocês não sabem é que saí de Deus, em espírito. Foram muitas reencarnações no planeta terra durante milênios e finalmente neste consegui contato com o pai. Hoje somos um só porque Deus está presente em cada criança inocente, em cada mãe e pai dedicados, nos órfãos, nos pobres e injustiçados deste mundo. Jesus é o exemplo, pois foi o primeiro humano a ter coragem para dizer que Deus é pai. O que é uma grande verdade, pois todos que seguem a lei dele são seus filhos independentemente de credo, opção sexual, religião ou posição social. Deus é a reunião dos bons corações e mesmo sendo apenas um pobre humano sei disso. (Afirmei)

"Blasfêmia! Acabem com ele. (Incitou Lúcifer)

A minha atitude incitou a ira dos arcanjos e eles partem para cima de mim com tudo. No entanto, eu não me importava. Desabafara e respondera à acusação. E que fosse o que Deus quisesse.

No momento em que as espadas estavam prontas para me atingir ao meio, um escudo me protegeu e me livros dos ataques. Logo em seguida, os trovões ribombaram, preencheram o ambiente e o mundo estremeceu.

Ao meu lado, estava meu guia espiritual. Ao sinal dele, todos se ajoelharam. Imediatamente, sentimos a presença do Deus vivo.

Como éramos seres inferiores, não podíamos vê-lo apenas escutá-lo. O que foi dito foi bem claro: não haveria batalha! O homem é o ponto alto da criação e os anjos apenas mensageiros. Fim da história!

Deus retirou-se parcialmente e os anjos se afastaram para ocupar seus devidos lugares nos reinos. Ficando apenas eu e meu guardião. Pegando-me no colo, ele voa rapidamente. Pessoalmente, vou ultrapassando as portas, num total de sete. Ao final, o anjo me deixa. Destrancando a última porta, tenho acesso a um novo ambiente. Para minha surpresa, estou de volta ao quarto, reencontrando o mestre.

Com cara de curioso, ele retoma a conversa imediatamente.

"Deu tudo certo, filho de Deus? (Curandeiro)

"Sim. Foi realmente uma experiência única e incrível. E agora? Qual o próximo passo?

"Agora chegou o grande momento. Espere um instante! (Curandeiro)

Ele se afastou um pouco e abriu a porta do quarto. Balançando a cabeleira, deu um grito: Renato, venha aqui! Em instantes, ele atende o chamado e adentra no quarto. A porta é novamente trancada e ficamos nós três, os três mosqueteiros.

O mestre faz sinal, nos damos as mãos e formamos um círculo. Ele começa a nos orientar.

"Estamos prontos para iniciar uma grande viagem que desafia a linha espaço e tempo. Primeiramente, devemos nos concentrar no nosso eu interior, fixando o pensamento em um fato importante de nossa vida. Ao atingirmos a plena concentração, poderemos passear criteriosamente pela linha do tempo e da existência. Porém, temos que ter bastante cuidado para não alterar a ordem dos fatos.

"Entendi. Algo parecido com a viagem que fizemos no passado. (Conclui o vidente)

"Podemos começar? (Renato)

"Sim. (O curandeiro)

Seguindo as orientações do mestre, iniciamos o ritual da passagem do tempo. A cada instante deste trabalho, descobrimos um mundo novo em nós mesmos. Em dado instante, nossos espíritos e corpos tremem de emoção ao ter acesso à linha de existência. Sem medo algum, dou corda no tempo para trás e meu espírito angustiado começa a penetrar num mundo totalmente novo.

Final

www.ingramcontent.com/pod-product-compliance
Lightning Source LLC
LaVergne TN
LVHW021049100526
838202LV00079B/5407